Élisabeth

princesse à Versailles

Annie Jay

Illustré par Ariane Delrieu

Élisabeth
princesse à Versailles

4. Bal à la Cour

Albin Michel Jeunesse

Élisabeth

Petite sœur du roi Louis XVI.

Louis XV

Grand-père d'Élisabeth,
roi de France de 1715 à 1774.

Louis XVI

Frère aîné d'Élisabeth,
roi de France de 1774 à 1793.

Marie-Antoinette

Épouse de Louis XVI,
plus jeune fille de l'impératrice
d'Autriche Marie-Thérèse.

Charles-Philippe

Frère d'Élisabeth.
Marié à Marie-Thérèse de Savoie.

Louis-Stanislas

Frère d'Élisabeth.
Marié à Marie-Joséphine.

Madame de Noailles

Dame d'honneur de la reine Marie-Antoinette.

Madame de Marsan

Gouvernante d'Élisabeth.

Madame de Mackau

Sous-gouvernante d'Élisabeth.

Angélique de Mackau

Fille de Mme de Mackau, et meilleure amie d'Élisabeth.

Clotilde

Sœur d'Élisabeth.

Colin

Petit valet d'Élisabeth.

Théo

Page, ami d'Élisabeth.

Juliette

Cousine de Théo.

Maurice

Page, ennemi de Théo.

Un peu sauvage et rebelle, Élisabeth s'ennuie à la Cour. Heureusement, elle devient vite inséparable d'Angélique, la fille de sa gouvernante ! Ensemble, aidées du jeune page Théo et du petit valet Colin, elles ont résolu l'énigme de *La Dame à la rose*, un précieux tableau disparu il y a plus de trente ans. Mais, la princesse ne s'est pas fait que des amis au cours de cette enquête, et de retour à Versailles, quelqu'un semble bien décidé à lui nuire...

Chapitre 1

Château de Versailles,
fin novembre 1774.

À Versailles, l'épidémie de petite vérole avait cessé. La Cour était rentrée au palais, où Élisabeth avait retrouvé son bel appartement au rez-de-chaussée de l'aile du Midi.

Ce matin-là, Mme de Marsan, la gouvernante des Enfants de France, s'avança dans le salon doré. Mme de Mackau, la sous-gouvernante, qui donnait une leçon d'histoire à Élisabeth et à Angélique, sa fille, lui laissa la parole.

– Madame[1], lui apprit-elle, nous allons organiser un bal.

– Un bal ?

À vrai dire, Élisabeth ne savait pas si c'était une bonne ou une mauvaise nouvelle ! La sévère Mme de Marsan avait l'art de transformer les moments les plus agréables en corvées.

– Un bal ! s'écria son amie Angélique en sautant de joie. Pourrons-nous inviter Théophile de Villebois, le page ?

La gouvernante, l'air choqué, répliqua aussitôt, une main sur le cœur.

– Danser avec un page ? Dieu, quelle horreur ! Que faites-vous de l'étiquette, mademoiselle de Mackau ?

Ah ! « L'étiquette », ce fichu règlement ! À la Cour, tout le monde devait le respecter. Élisabeth soupira, avant de réciter à Angélique :

---

1. On appelait « Madame » toutes les filles de roi et de Dauphin, quel que soit leur âge.

– Une princesse ne peut être invitée que par un prince ou par un roi.

– Mais... moi, je ne suis pas une princesse ! Avec qui danserai-je ?

– Vous, vous ne danserez pas, rétorqua Mme de Marsan.

– Pourquoi ? s'étonna Angélique au bord des larmes. Suis-je donc punie ?

Mme de Mackau, la mère d'Angélique, expliqua alors aux deux filles :

– Il ne s'agit pas d'un vrai bal, mais plutôt d'un bal d'entraînement, pour apprendre comment se comporter. Seules Madame Élisabeth et sa sœur Clotilde y participeront. Nous le donnerons dans ce salon. Mais tu pourras y assister, Angélique.

Mme de Marsan partie, Élisabeth s'inquiéta :

– Quel prince trouverez-vous pour m'inviter à danser ? À part mes frères, je n'en connais aucun.

Mme de Mackau se mit à rire.

– Il n'y en aura pas. Deux maîtres à danser joueront ce rôle. Vous comprendrez mieux cet après-midi.

Après la leçon, les deux filles couvrirent leurs épaules d'un châle pour se protéger du froid et sortirent se détendre. Élisabeth disposait d'une jolie terrasse donnant sur les jardins du palais. Pour qu'elle puisse en profiter sans être importunée par les promeneurs, on l'avait entourée d'une barrière en fer forgé.

Elles s'y trouvaient depuis quelques minutes lorsqu'elles virent arriver leur ami, Théophile de Villebois, le page de la Grande Écurie.

Vêtu de son uniforme bleu à galons, il portait dans ses bras une grosse boîte en carton ornée d'un nœud qu'il posa au sol. Le temps d'enlever son chapeau et il plongea en une profonde révérence.

– Madame, mademoiselle, bien le bonjour.

Ensuite, un peu intimidé, il passa le carton par-dessus la barrière.

– Qu'est-ce donc, Théo ? s'étonna Élisabeth tout en le saisissant.

En fait, elle se doutait bien qu'il s'agissait d'un présent. Le page lui expliqua en rougissant :

– Vous m'avez aidé à retrouver *La Dame à la rose,* ce tableau que ma famille avait perdu voilà trente ans[2]. Je voulais vous remercier. C'est pour vous, Madame.

Élisabeth posa la boîte et se pencha pour défaire le nœud. Était-ce une illusion ou le carton avait-il bougé ? C'était si étrange qu'elle n'osa pas soulever le couvercle. Voilà qu'il sautait tout seul !

– Ciel ! s'écria-t-elle en reculant.

---

2. Voir le tome 3, *La Dame à la rose.*

Une petite tête brune émergea, avec deux minuscules oreilles et deux jolis yeux noirs.

– Un chien ! s'exclama-t-elle en riant de plaisir. J'en avais un quand j'étais petite, mais il est mort l'an dernier. Et, comme je n'étais pas sage, Mme de Marsan m'a interdit d'en avoir un autre. Encore une de ses stupides punitions !

Elle prit l'animal dans ses bras, et le lova dans les plis de sa robe de soie rose. C'était un jeune carlin, presque encore un bébé.

– Comme il est beau ! Jamais on ne m'a offert de présent si merveilleux... Merci, Théo !

Puis elle fit une grimace :

– Hélas, Mme de Marsan refusera que je le garde...

– Pourquoi cela, Babet ? demanda Angélique en grattant le dos du chiot. Autrefois, tu te conduisais mal. Tu étais une véritable peste. Mais, aujourd'hui, te voici... presque sage. Tu apprends tes leçons et tu ne fais plus de colères.

Élisabeth enfonça son visage dans le pelage du chien. C'est vrai qu'elle avait fait de gros progrès grâce à Angélique et à sa mère ! Elle n'était plus insolente et respectait les autres. Elle qui n'aimait guère les études se mettait même à s'instruire !

Une petite langue rose vint lui lécher le visage.

– Voyez, plaisanta Théo, il vous aime déjà ! Il s'appelle Biscuit. Allons, Mme de Mackau est très gentille, elle saura convaincre Mme de Marsan.

– Et si elle n'y arrive pas ? s'inquiéta Élisabeth en serrant Biscuit contre elle. Je voudrais tant le garder !

– Si Mme de Marsan refuse, soupira Théo, je le rendrai à ma cousine Juliette qui habite à la Ménagerie.

– La Ménagerie ? N'est-ce pas cet endroit, au fond du parc, où l'on garde des animaux qui viennent de pays lointains ?

– Oui, répondit Théo. Il y a un petit château avec, autour, de grands enclos[3]. Les bêtes y sont en liberté. De nos jours, plus grand monde n'y va, car elle est en très mauvais état.

– Et pourquoi donc ? s'étonna Élisabeth.

Théo s'éclaircit la gorge d'un air gêné :

– Parce que, Madame, le royaume va mal... Les caisses sont vides, Il n'y a plus d'argent pour entretenir les bâtiments. Votre frère, Louis XVI, notre nouveau roi, aura bien du travail pour redresser la situation. Mais, parlons d'autre chose ! Mes cousins, donc, s'y trouvent fort bien, entourés d'animaux de tous les continents !

Angélique, qui aimait se promener, proposa aussitôt :

– Nous pourrions nous y rendre. J'ai entendu dire qu'il y avait des lions et même une grosse bête incroyable du nom de... rhinoféroce.

---

3. Terrain entouré d'une barrière.

Théo se mit à rire !

– Vous y êtes presque, Angélique ! Il s'agit d'un rhinocéros. Mais vous avez raison, il est féroce. Ma cousine Juliette m'a raconté qu'il avait tué deux employés, il y a quelques années.

Le page se tut. Mme de Mackau franchissait une des grandes portes-fenêtres et les rejoignait. Elle remarqua aussitôt Biscuit et fronça les sourcils.

Élisabeth s'empressa de poser le chiot à terre. Elle lissa sa robe rose de la paume de ses mains, se mordit les lèvres, et demanda, les yeux emplis d'espoir :

– Je peux le garder ? C'est que... je ne voudrais pas blesser M. de Villebois en refusant son présent.

La sous-gouvernante esquissa un sourire :

– C'est vrai qu'il est bien mignon... le chien, reprit-elle en faisant les gros yeux à Théo, pas vous, monsieur de Villebois. Vous auriez dû m'en parler. Adopter un animal est une grande responsabilité. Il faut s'en occuper…

– Je le ferai ! s'écria Élisabeth.

– Moi aussi, maman ! ajouta Angélique. Nous le promènerons. Il ne fera pas de bêtises.

– Il est déjà presque propre, renchérit Théo.

Puis un long silence se fit. Tous les trois attendaient son verdict…

– Entendu, dit enfin Mme de Mackau. Si, toutefois, Mme de Marsan ne s'y oppose pas…

Elle regarda le chiot trotter vers elle, en remuant son petit bout de queue, et se pencha d'un air attendri pour le caresser. Puis elle reprit avec sérieux :

– Il lui faudra un collier et une laisse. Ainsi qu'un plat pour sa pâtée.

– Bien sûr ! approuva Élisabeth. Nous enverrons Colin, notre valet, lui chercher à manger…

– À présent, rentrons et reprenons nos leçons.

Elle se tourna vers Théo :

– Monsieur de Villebois, nous vous laissons...

Le page les salua, mais la sous-gouvernante poussait déjà les deux filles à l'intérieur. Il quitta alors la grille, et les mains dans les poches, il repartit vers la Grande Écurie où l'attendait sa leçon d'escrime.

S'il avait fait plus attention, il aurait remarqué qu'un garçon blond, vêtu de l'uniforme rouge des pages de la reine[4], l'espionnait.

– À croire que de Villebois est amoureux en secret de la sœur du roi, ricana-t-il. Je vais raconter à tout le monde qu'il lui fait des cadeaux... Toute la Cour se moquera d'eux !

Et Maurice de Fontaine partit derrière Théo sur la pointe des pieds, en le suivant à distance pour ne pas se faire remarquer :

– De Villebois m'a flanqué une raclée devant tous les pages. Quant à cette peste de Madame Élisabeth, elle m'a enfermé dans un placard à Trianon[5] ! Bientôt elle cessera de rire de moi... Ma vengeance sera terrible !

---

4. Il existait plusieurs sortes de pages, entre autres : les pages de la Chambre du Roi, qui servaient le roi au château ; les pages de la Grande Écurie qui servaient le roi, les princes et les princesses, à l'extérieur ; les pages de la reine qui servaient la reine.

5. Voir le tome 3, *La Dame à la rose*.

Chapitre 2

Clotilde, la sœur d'Élisabeth, la rejoignit à midi.

– Vous avez un chien ? s'étonna-t-elle en souriant. Comme il est mignon !

Elle le caressait lorsque Élisabeth lui souffla :

– Attention, Mme de Marsan arrive ! Elle n'est pas encore au courant. Mme de Mackau doit lui demander l'autorisation. Mais je crains fort qu'elle ne refuse.

– Que comptez-vous faire ? chuchota sa sœur. Elle va le voir.

Impossible de cacher Biscuit ! Si ! Élisabeth regarda la table, couverte d'une longue nappe qui tombait jusqu'au sol. Elle attrapa le chiot et lui fit la leçon :

– Couché, pas bouger...

Et elle le glissa sous la table en priant pour qu'il n'en sorte pas. S'il se montrait bien obéissant, peut-être que la gouvernante...

– Mesdames, veuillez vous asseoir, ordonna-t-elle à peine entrée en compagnie de Mme de Mackau.

Comme à chaque repas, la gouvernante regarda les deux princesses manger, surveillant leurs moindres gestes afin de les corriger.

– Buvez à petites gorgées, gronda-t-elle. Ce sera plus élégant... Qu'est-ce que ce bruit ? s'écria-t-elle tout à coup.

Il s'agissait d'un bâillement, un beau bâillement très malpoli. Elle se tourna aussitôt vers Colin, leur serviteur, posté debout près de la porte. Voilà encore quelques mois, le garçon vivait à la campagne, où l'on ne connaissait pas les manières raffinées de la Cour. Il rougit et écarquilla les yeux avec l'air de dire : « Ah non, pour une fois, ce n'est pas moi ! ».

Élisabeth s'éclaircit la gorge, avant d'avouer :

– Je crois que c'est Biscuit, mon chien. Il est sous la table, caché par la nappe.

– Un chien ?

La gouvernante s'écarta comme s'il s'agissait d'un monstre !

– Il est ici avec mon autorisation, expliqua Mme de Mackau. Je n'ai pas eu le temps de vous en parler.

– Je n'aime pas les chiens, ils sentent mauvais et ils s'oublient sur les tapis.

– Biscuit est presque propre... supplia Élisabeth.

Mme de Marsan l'observa longuement, soupira et finit par accepter :

– Bien. Vous avez fait de gros progrès ces derniers temps. Il est normal que vous soyez récompensée. Vous pouvez garder cet animal, à condition que vous le teniez éloigné de moi.

Le repas à peine achevé, la gouvernante tapa dans ses mains :

– Mesdames ! ordonna-t-elle aux deux princesses. Veuillez revêtir vos tenues pour notre bal d'entraînement !

Chacune partit dans sa chambre où les domestiques les déshabillèrent et leur présentèrent des sortes de cages en osier. Attaché à la taille, le « panier » donnait l'impression que la jupe était aussi large que haute. Elles passèrent par-dessus une robe à vaste jupe. À la Cour, lors des cérémonies ou des bals, cette tenue était obligatoire[6].

Le résultat était étrange... Élisabeth se regarda dans la glace et eut envie de rire.

6. Les dames de la haute bourgeoisie portaient également ce genre de robe dans les grandes occasions, comme pour se rendre à l'opéra, au bal, ou à un mariage. C'était un peu l'équivalent de la robe de soirée, aujourd'hui, pour les femmes, ou du smoking pour les hommes.

Lorsqu'elle revint au salon, elle y retrouva Angélique qui avait dîné avec les domestiques, et sa sœur Clotilde. Cette dernière ne semblait guère à son aise ! La pauvre souffrait d'embonpoint. Elle se sentait ridicule avec son gros ventre serré et cette jupe imposante !

– Bien, approuva Mme de Marsan.

Elle se tourna alors vers Clotilde :

– Madame, vous vous mariez dans quelques mois avec le prince héritier de Piémont-Sardaigne. Il vous faudra impressionner la Cour de votre nouveau pays par votre grâce et votre talent. Notre bal d'entraînement d'aujourd'hui vous apprendra à bien vous conduire.

– J'essayerai, madame, répondit docilement Clotilde.

Il n'y avait pas plus doux que Clotilde ! En plus de se montrer une brillante élève, elle était la bonté même.

– Vous n'essayerez pas, la réprimanda la gouvernante, vous le ferez. Une princesse française doit être parfaite en tout. Par ailleurs, Sa Majesté la reine donne un vrai bal demain soir. Vous y participerez.

– Je me sens bien laide, ainsi habillée, balbutia Clotilde. Ne va-t-on pas se moquer de moi ?

Elle savait que certains courtisans[7] la surnommaient méchamment « Gros-Madame », la grosse Madame.

– Personne n'oserait, répliqua Mme de Marsan. On ne se moque pas d'une Fille de France !

Mais Clotilde baissa le nez, guère convaincue.

– Et moi ? demanda Élisabeth d'un ton enjoué. J'irai aussi au bal ?

– Vous ? Non pas !

– Mais, Clotilde…

– Madame Clotilde a 15 ans, et vous seulement 11. Vous n'avez pas l'âge !

---

7. Ensemble des personnes de la noblesse chargées de servir la famille royale.

Deux heures sonnaient à l'horloge. Colin ouvrit la porte du salon aux maîtres à danser accompagnés d'un violoniste.

– Mesdames, en place, ordonna la gouvernante en tapant dans ses mains. Imaginons qu'un prince veuille vous inviter. Sa Majesté, le roi, le mènera à vous. Votre cavalier vous adressera un salut. Vous accepterez son invitation en ployant dans une petite révérence, les mains posées sur votre panier... Il vous faudra sourire, mais pas trop. Ayez tout à la fois l'air sérieux et modeste...

Dieu, que ces explications étaient longues et ennuyeuses ! Élisabeth cessa de l'écouter et en profita pour regarder Biscuit qui s'amusait avec une balle. Colin l'avait rapportée d'on ne sait où, et le chiot lui courait après en faisant des bonds. Qu'il était drôle !

– Madame ! la fit sursauter la gouvernante. Un peu d'attention, je vous prie !

Quelques minutes plus tard, le violon jouait un menuet, une danse lente aux pas compliqués.

– Tenez-vous droites ! Vos bras, plus souples ! lança Mme de Marsan. Imaginez que la Cour vous observe !

Élisabeth avait appris le menuet dès l'âge de 8 ans. Elle le maîtrisait parfaitement. Enfin... Elle ne l'avait encore jamais dansé, vêtue d'une robe si large ! Alors qu'elle tournait sur elle-même, elle flanqua un grand coup de jupe à panier à sa sœur qui poussa un cri ! Après quoi, elle tamponna son cavalier qui se tenait trop près d'elle. Elle retint à grand-peine un fou rire, d'autant plus qu'Angélique, assise auprès de sa mère, pouffait dans ses mains.

– Pardon ! s'excusa-t-elle avant de reprendre dignement, avec toute la grâce dont elle était capable.

– Bien, la félicita Mme de Marsan.

Élisabeth en fut ravie. Pour une fois que la gouvernante lui adressait un compliment !

« Ce bal d'entraînement n'est finalement pas si désagréable », pensa-t-elle.

Mais... un jappement aigu couvrit le son du violon. Biscuit, croyant que les danseurs étaient en train de jouer, s'invita au menuet. Il attrapa le bas de la robe d'Élisabeth et se mit à tirer !

– Biscuit ! s'esclaffa cette dernière.

La suite ne se fit pas attendre. Mme de Marsan s'emporta :

– Valet ! Sortez cet animal !

Comme Colin ne s'exécutait pas assez vite, elle souleva ses jupes et donna un coup de pied au chiot. La pauvre bête fit un vol plané, avant d'atterrir sur le tapis. Il avait si peur, qu'il l'arrosa d'un gros pipi, qui forma bientôt une tache brune...

– Dehors ! hurla de plus belle Mme de Marsan.

Le petit chien, épouvanté, partit ventre à terre par la porte-fenêtre entrouverte. Mais il ne s'arrêta pas là. Se glissant entre deux barreaux de la grille, il s'enfuit vers les jardins !

– Biscuit ! s'écria Élisabeth. Vite, il faut le retrouver avant qu'il ne se perde !

Angélique s'était levée d'un bond. Élisabeth courut vers la porte que Colin se dépêcha d'ouvrir. Hélas ! Elle avait oublié son panier : elle resta coincée tant sa jupe était large ! Elle dut reculer et se mettre de profil pour passer.

– Angélique ! cria-t-elle à son amie, va chercher Biscuit ! Je me change et je te rejoins !

Mais Mme de Marsan ne l'entendait pas de cette oreille.

– Il n'en est pas question ! Et mon bal d'entraînement ? Venez ici tout de suite !

– Madame Élisabeth ! s'écria à son tour Mme de Mackau. N'allez pas commettre une sottise que vous regretteriez !

– Je veux qu'elle revienne ! trépigna la gouvernante. Sinon, elle sera punie !

La sous-gouvernante lui fit face pour la rassurer :

– Ne vous inquiétez pas, je vais la chercher. Je promets de vous la ramener au plus tôt.

Mais Élisabeth était déjà loin ! Elle regagna sa chambre où, sans attendre l'aide de ses domestiques, elle se débarrassa de sa robe et de son panier. Par la fenêtre, elle voyait Angélique courir dans les jardins.

– Vite ! Vite ! se répétait-elle tout bas en enfilant vêtements et chaussures de marche. Flûte ! pesta-t-elle.

La porte s'ouvrait. La sous-gouvernante l'obligerait sûrement à rester.

– Tant pis ! J'irai quand même ! s'écria Élisabeth.

Elle attrapa une cape bien chaude, puis elle gagna la terrasse. Elle grimpa sur une jardinière en terre cuite, souleva ses jupes, et enjamba la barrière.

– Madame ! cria Mme de Mackau dans son dos. Êtes-vous folle ?

– Biscuit, il faut que je le sauve !

Et elle courut rejoindre Angélique...

Chapitre 3

– Biscuit ! Biscuit !

Angélique se tournait en tous sens et criait aussi fort qu'elle le pouvait.

Élisabeth la retrouva au beau milieu de « l'allée royale », une très large bande de pelouse, qui descendait jusqu'au bassin d'Apollon.

Mais point de trace du chiot...

– Tout cela, cria Élisabeth, c'est la faute de Mme de Marsan ! Si elle ne lui avait pas donné ce coup de pied, Biscuit ne se serait pas enfui !

– Madame Élisabeth !

La sous-gouvernante arrivait, essoufflée d'avoir couru. Elle semblait très en colère, mais lorsqu'elle vit le visage en larmes de la princesse, elle se radoucit :

– Vous ne pouvez fuir à votre guise, franchir les barrières...

– Il s'est perdu ! sanglota-t-elle.

Mme de Mackau, émue par son chagrin, la prit par l'épaule pour la serrer contre elle :

– Prévenons les gardes. Ils le chercheront et vous le ramèneront. À présent, rentrons.

– Non ! Il s'est perdu, vous dis-je ! Les jardins sont pires que des labyrinthes. Nous ne le retrouverons jamais !

– Attends, déclara Angélique, j'ai une idée. Les chiens possèdent un bon odorat. Peut-être qu'il est retourné à la Ménagerie, où vit son ancienne famille ?

Élisabeth s'arrêta aussitôt de pleurer :

– Mais où est-ce, la Ménagerie ?

Un promeneur les renseigna peu après :

– Voyez-vous le Grand Canal ? Il forme une croix. À l'intersection, prenez à gauche. La Ménagerie se trouve tout au bout.

– Allons-y, lança Élisabeth.

– Il n'en est pas question, la réprimanda la sous-gouvernante. Il nous faut rentrer.

– Je vous en supplie...

Elle levait vers elle un visage si bouleversé que la femme soupira avant d'accepter :

– Entendu. Mais pas longtemps. Je n'aimerais pas me faire disputer par Mme de Marsan !

Elles partirent d'un pas alerte. Un quart d'heure plus tard, elles arrivèrent devant un étrange petit château rond. Construit entre deux petits bâtiments, il se trouvait au centre d'une esplanade.

Tout autour, de grands enclos envahis de hautes herbes abritaient différentes espèces d'animaux.

Quelques promeneurs, le nez collé aux grilles, les observaient.

Mme de Mackau s'avança vers un garde à l'air endormi qui ne la prit guère au sérieux.

– Vous cherchez un chiot ? plaisanta-t-il. Vous voulez pas plutôt un flamant rose ou une autruche ? On en a des superbes !

– Ce chiot s'est perdu. Il est peut-être retourné chez une jeune fille, une certaine Juliette, dont la chienne a eu des petits...

L'individu se mit à rire. Cela mit Élisabeth hors d'elle.

– Savez-vous qui je suis ? déclara-t-elle en haussant le ton. La sœur de votre roi ! Qui dirige cet endroit ? J'exige de le voir tout de suite !

Le garde sembla soudainement se réveiller.

– Bien, Madame ! Vous trouverez M. le capitaine de Laroche, dans l'aile gauche du château. Mais, si j'étais vous...

Et il roula bizarrement des yeux.

– Si vous étiez nous... répéta Mme de Mackau.

– Je l'éviterais. Il est comme qui dirait un peu... original ! Il...

Des cris l'arrêtèrent net. Il se retourna vers le bâtiment et pesta :

– Voilà que ça recommence !

Puis il expliqua à voix basse :

– Des bons à rien de pages ont pris M. de Laroche comme souffre-douleur, ils ne cessent de se moquer de lui.

Au loin, elles aperçurent un homme d'une cinquantaine d'années, vêtu d'un somptueux uniforme. Il gesticulait en tous sens, comme agacé par une nuée de guêpes. Puis apparurent

trois pages de la reine, reconnaissables à leurs vestes rouges. Ils riaient aux éclats.

L'un d'eux avait saisi la perruque du capitaine. Il la secouait sous son nez et l'obligeait à courir après lui pour la récupérer. Un autre lui fit un croche-pied... Laroche s'étala de tout son long sur les pavés.

Cela mit le garde en fureur :

– Cette fois-ci, c'en est trop !

Et il partit faire décamper les garçons. Au moment où ils passaient devant les deux filles, en brandissant la perruque tel un trophée, l'un d'eux, un grand blond, eut même le culot de leur faire une révérence en leur tirant la langue.

– Maurice de Fontaine ! souffla Élisabeth.

– Vous le connaissez ? s'étonna Mme de Mackau. Dieu, quelles manières déplorables !

– Il est affreux, lui expliqua sa fille. Il cherche tout le temps querelle à Théophile de Villebois. J'espère que ce pauvre monsieur n'a pas été blessé, ajouta-t-elle en montrant le capitaine.

Le garde l'aidait à se relever. Cependant, il s'éloigna aussitôt de lui d'un air dégoûté, tandis que M. de Laroche s'époussetait en déclarant :

– Cela va bien. Merci, mon brave, n'en parlons plus !

Mme de Mackau et les deux filles s'approchèrent, mais une effroyable odeur vint leur piquer les narines. Plus elles avançaient, plus la puanteur augmentait. Élisabeth comprenait à présent pourquoi le garde s'était écarté de trois pas !

Le capitaine empestait le corps mal lavé. Il portait des bagues à chaque doigt, mais ses mains étaient couvertes de crasse. Son crâne laissait apparaître des cheveux gras et collés. Cet homme n'était pas seulement original, il était surtout d'une saleté repoussante.

– Monsieur, lui glissa le garde, la demoiselle châtain, c'est la sœur du roi...

Laroche se dépêcha de les saluer, tandis que Mme de Mackau plaçait son mouchoir sous son nez. Quant à Élisabeth et Angélique, elles entreprirent de respirer par la bouche pour éviter de tourner de l'œil.

Il vint s'incliner devant Élisabeth :

– Pierre de Laroche, pour vous servir. Que puis-je pour vous ?

– Ces voyous vous ont-ils fait du mal ? s'inquiéta la sous-gouvernante.

– Point du tout ! Comme on dit, il faut que jeunesse se passe.

N'en parlons plus! Ces garçons ont besoin de se dépenser. Ils viennent souvent ici pour observer les animaux. Bien sûr, ils sont un peu turbulents et me font parfois des niches[8]. Mais, n'en parlons plus!

Il tâta sa tête, puis ses poches, et soupira:

– Et voilà! Ils m'ont encore pris ma perruque! Et je n'ai plus mon trousseau de clés... Il a dû tomber. Ah, les garnements! Bref, n'en parlons plus. Voulez-vous que je vous fasse visiter les lieux? proposa-t-il ensuite avec un large sourire. Guider la sœur de notre roi sera pour moi un honneur.

– Non, l'arrêta Mme de Mackau en se penchant en arrière pour éviter son haleine. Une autre fois, peut-être...

– Eh bien, tant pis alors, n'en parlons plus, c'est entendu.

Élisabeth manqua se mettre à rire! Ce n'était pas «M. de Laroche» qu'on aurait

---

8. Farces, plaisanteries.

dû l'appeler, mais plutôt « M. N'en parlons plus » !

La sous-gouvernante, qui supportait de moins en moins l'odeur du capitaine, se dépêcha de demander :

– Connaissez-vous une jeune demoiselle du nom de Juliette ?

– Oui, Mlle Juliette de Villebois. Elle loge près de la volière[9]. Pour vous y rendre, prenez par ici. C'est un raccourci.

Et il montra d'un doigt à l'ongle noir une porte au rez-de-chaussée du château rond.

– Traversez la rocaille, poursuivit-il. De l'autre côté, vous sortirez sur une grande place. La volière est un beau bâtiment sur votre droite. Le pavillon des Villebois se trouve juste derrière.

La sous-gouvernante n'attendit pas davantage. Elle le remercia et se dépêcha de s'éloigner :

---

9. Grande cage à oiseaux. À la Ménagerie de Versailles, elle occupait tout un bâtiment.

– Quelle puanteur ! s'indigna-t-elle. Je comprends que votre grand-père, le roi Louis XV, l'ait employé à la Ménagerie. Il sent aussi mauvais que les bêtes dont il a la garde !

Elles passèrent la porte qu'il leur avait indiquée, et pénétrèrent dans un curieux et sombre couloir.

– Qu'est-ce donc que cet endroit ? pesta Mme de Mackau. Voilà que nous descendons des marches... Nous n'entrons point dans un château, mais dans un souterrain !

Mains tendues, elle toucha enfin le bois d'une porte qu'elle ouvrit.

– Ah ben, ça alors ! s'écria Élisabeth.

Elles se trouvaient dans une de ces fausses grottes voûtées, que l'on appelait une « rocaille ». D'étroites fenêtres leur procuraient un petit peu de lumière. Aux quatre coins de la pièce étaient installées des banquettes.

– C'est magnifique ! poursuivit-elle le nez en l'air. Regardez le plafond et les murs ! Tout est décoré avec des coquillages...

– Merveilleux, approuva Angélique. Au centre, on dirait une fontaine... Qui est là ? s'écria-t-elle tout à coup.

Quelque chose venait de la frôler. Elle se retourna vivement, mais non, personne ne se trouvait derrière elle.

Sa mère resserra frileusement sa cape autour de son cou :

– Cet endroit est plein de courants d'air.

Élisabeth frissonnait elle aussi. Pourtant, aucune fenêtre n'était ouverte. Elle allait s'en étonner lorsque Angélique reprit :

– Quel dommage que tout cela soit en mauvais état. Voyez, de nombreux coquillages sont décollés... Hé ! s'écria-t-elle.

Par un étrange mystère, la fontaine se mit à glouglouter... Puis, tout à coup, elles furent

aspergées par de fins jets d'eau! Élisabeth en reçut un en pleine figure! Elle fit un bond en arrière, tout comme Angélique et sa mère qui s'alarma:

– Qu'est-ce donc que ces sortilèges? Vite, sortons!

Elles entendirent alors un rire, celui de M. de Laroche. Elles se retournèrent et virent l'homme qui fermait un robinet. La pluie cessa aussitôt.

– Bienvenue à la Ménagerie! dit-il.

– Je n'apprécie guère vos plaisanteries, monsieur! s'indigna Mme de Mackau en épongeant son visage.

Comme il s'approchait, elle colla de nouveau son mouchoir sous son nez.

– Mille excuses, mesdames. Il s'agit là d'une innocente tradition qui date du temps de Louis XIV.

Puis il expliqua à la princesse:

– Votre arrière-grand-mère, la duchesse de Bourgogne, adorait cet endroit. Le roi Louis XIV lui en avait fait cadeau pour ses 13 ans. Elle y venait souvent avec ses amis. À l'époque, on appréciait beaucoup ces fausses grottes. Un jeu consistait, lorsqu'un nouveau arrivait, à l'arroser avec ces petits jets d'eau. De nombreux tuyaux invisibles sont cachés dans la rocaille, mais aussi audehors, sur l'esplanade qui entoure le château. Vous pouvez être éclaboussé à tout moment !

Et il se mit à rire avec des « hu hu hu » ravis.

– Pardonnez-moi, reprit-il, mais je ne pouvais vous faire les honneurs de ce domaine sans vous mouiller un peu. Allons, n'en parlons plus !

– C'est cela, n'en parlons plus ! rétorqua Mme de Mackau d'un ton peu aimable. À présent, je voudrais sortir d'ici. Nous avons une demoiselle à voir...

Et elle entraîna les deux filles.

– Quel imbécile ! s'indigna-t-elle dès qu'elles furent seules. Il m'a fait peur !

Chapitre 4

Juliette, la cousine de Théo, devait avoir 12 ou 13 ans. C'était une jolie brune aux yeux marron.

– Je me doutais bien que vous alliez venir, leur dit-elle. Lorsque j'ai vu Biscuit rentrer à la maison, j'ai pensé qu'il avait dû se perdre en se promenant avec vous...

– Il est là ? Quel soulagement !

Juliette leur fit signe de la suivre. Elle les mena à un salon où elles découvrirent dans une corbeille une chienne que Biscuit tétait avidement.

– Bien sûr, il est sevré, mais laissons-le finir son goûter et faire un câlin à sa maman, proposa Juliette. En attendant, voulez-vous que nous allions voir les animaux de la Ménagerie ?

Élisabeth regarda Mme de Mackau du coin de l'œil, pour guetter son approbation. La sous-gouvernante hésita :

– Mme de Marsan sera furieuse. Elle tient tant à son bal d'entraînement.

Puis, remarquant la déception des deux filles, elle soupira :

– Entendu. Voyons quelques bêtes. Nous reviendrons un autre jour pour une visite plus complète.

Cependant, elles furent un peu déçues. Les enclos étaient en piteux état. Les murs menaçaient de s'effondrer, l'herbe envahissait les chemins.

Mme de Mackau s'étonna :

– Personne n'entretient les lieux ?

– La moitié des jardiniers et des soigneurs[10] a été renvoyée, expliqua Juliette. La Ménagerie doit faire des économies.

Elle mena ses invités à un long bâtiment. Il abritait une volière où elles admirèrent de magnifiques oiseaux exotiques. Ensuite, elles gagnèrent l'enclos des lions.

– Voici Woika, mon préféré. Mon père, qui a dirigé une expédition scientifique, l'a ramené d'Afrique, voilà deux ans.

Dès qu'il aperçut Juliette, le fauve vint se frotter en ronronnant contre la grille. La jeune fille le gratouilla à travers les barreaux, comme un gros chat :

10. Personne chargée de soigner un athlète ou des animaux.

– Je l'ai connu tout petit. Je suis son amie. Je lui rends souvent visite. Il joue même avec ma chienne ! Mais attention, ne vous avisez pas de passer votre bras au travers de la grille, car il vous l'arracherait ! Moi seule peux le caresser.

Ensuite, elles allèrent admirer l'hôte le plus célèbre de la Ménagerie, le rhinocéros. Élisabeth et Angélique n'avaient jamais rien vu d'aussi bizarre ! Il s'agissait d'une énorme bête recouverte d'une armure de peau épaisse. Au bout de son museau retroussé était posée une corne, et ses yeux, tout petits, semblaient enfoncés dans son front. Il tournait en rond sans relâche.

– C'est vrai qu'il a l'air féroce !

Juliette le défendit aussitôt :

– Non ! S'il lui arrive d'être méchant, c'est parce qu'il regrette le temps où il était libre. Le soir, on enferme tous les animaux dans des cages minuscules. Le jour, on les relâche dans les enclos. Ils n'ont que cela pour se promener.

Puis, constatant qu'elle attristait ses visiteuses, elle reprit d'un ton plus gai :

– La prochaine fois que vous viendrez, nous irons nourrir les singes !

– Et le petit château ? Nous avons traversé une sorte de grotte très curieuse.

Juliette frémit. Était-ce de la peur que l'on voyait au fond de ses yeux ?

– Je n'aime guère y aller... Il est fort beau, mais... il s'y passe des choses étranges, souffla-t-elle comme si elle leur confiait un secret.

– Étranges ? répéta Élisabeth. Voulez-vous parler du capitaine de Laroche, avec ses odeurs et ses blagues idiotes ?

– Ah ça ! pouffa Juliette. C'est vrai qu'il sent mauvais ! Mais il est très gentil. Non... Je parle d'objets qui bougent, de bruits, d'ombres... Un soigneur m'a raconté qu'il y avait un... un fantôme.

Élisabeth frémit à son tour. Elles n'avaient donc pas rêvé ! Les courants d'air, les frôlements...

Mme de Mackau, qui savait la princesse sensible, préféra intervenir d'un ton rassurant :

– Voyons ! Il s'agit tout bonnement des farces du capitaine ! À présent, Juliette, nous allons vous quitter. Merci pour cette agréable promenade. Pourriez-vous nous prêter un collier et une laisse ?

Le temps de récupérer Biscuit, et elles regagnèrent le palais.

Mme de Marsan les attendait. Bras croisés, elle tapait du pied d'un mouvement impatient :

– Madame Élisabeth, vous m'avez désobéi.

– Mais, s'interposa Mme de Mackau, Madame était avec moi...

– Vous deviez me la ramener au plus tôt ! la réprimanda-t-elle. Cela est intolérable ! Je suppose que vous l'avez aidée à chercher son chien. Je la connais, elle a dû vous embobiner...

Puis, se tournant vers la princesse, elle lança :

– Vous serez enfermée dans votre chambre jusqu'à demain, avec 100 lignes : *«Je ne sortirai pas sans permission.»* Quant à votre animal, tant qu'il ne sera pas propre, il restera attaché dehors.

Sans attendre, elle saisit la laisse des mains de la jeune fille et tira le chiot vers la terrasse.

– Non ! cria Élisabeth.

Mais Mme de Mackau, craignant une de ses colères, la prit par l'épaule pour la conduire à sa chambre.

– Qu'elle me punisse, sanglota Élisabeth, je peux le supporter. Mais mon pauvre Biscuit ! Nous sommes en novembre et il gèle, la nuit ! Il va grelotter !

– Ne vous inquiétez pas, essaya de la consoler Mme de Mackau. Je sais où trouver une niche, il y sera au chaud. Je cours la chercher.

À peine eut-elle passé la porte qu'Angélique, collée aux carreaux, annonçait :

– Mme de Marsan a quitté la terrasse ! Allons voir Biscuit !

Le soir commençait à tomber. Le chiot, penaud, geignait. Sans doute devait-il se demander ce qui lui arrivait.

Colin vint les retrouver au-dehors :

– Je lui apporterai une bonne gamelle et aussi une couverture, promit-il.

– Que se passe-t-il ? interrogea une voix.

Tous les trois sursautèrent. Le visage de Théo apparut entre les barreaux de la grille.

– Un malheur ! lança Élisabeth en se baissant pour rassurer Biscuit.

Et elle conta au page leurs aventures de l'après-midi.

– Il n'a pas l'habitude de coucher à l'extérieur, s'inquiéta à son tour Théo. Ce n'est qu'un bébé... Il va tomber malade.

Élisabeth se mit à pleurer de plus belle ! Elle finit par reprendre son souffle et déclara :

– Il vaut mieux que vous le rendiez à Juliette. Je ne voudrais pas qu'il souffre à cause de moi.

– J'ai une idée ! s'écria Colin. Dès que Mme de Marsan aura regagné ses appartements, après le souper, je cacherai Biscuit sous ma veste et je l'emmènerai dans ma chambre. Il y passera la nuit au chaud.

– Merci... hoqueta Élisabeth, mais demain matin...

– J'irai le remettre à sa place. Ni vu, ni connu.

La princesse retrouva aussitôt le sourire.

– Parfait. Il ne me reste plus qu'à effectuer cette maudite punition.

– Voulez-vous que je la fasse à votre place ? proposa Colin avec le plus grand sérieux.

Élisabeth se mit à sourire :

– C'est fort gentil de ta part, mais Mme de Marsan s'apercevra tout de suite que ce n'est pas mon écriture. Merci, Colin, tu es un vrai chevalier.

Le valet rougit sous le compliment.

– Vous avez tant fait pour moi, dit-il d'une petite voix. Vous avez sorti ma famille de la misère, et vous m'avez appris à lire et à écrire. Grâce à vous, j'ai un bon emploi...

– Assez ! le fit taire Élisabeth, gênée. J'ai agi de bon cœur. Attention, voilà Mme de Mackau avec la niche ! Rentrons vite ! Bonsoir, Théo ! lança-t-elle avant de regagner sa chambre.

Chapitre 5

Le lendemain matin, à l'aube, Colin ramena Biscuit sur la terrasse. Il lui suffit pour cela de descendre sur la pointe des pieds le petit escalier réservé aux serviteurs, qui menait au salon. Le temps d'ouvrir la grande porte-fenêtre, et il l'attacha à la niche. Tremblant, le chiot alla aussitôt se rouler en boule tout au fond.

Un peu plus loin, dans la chambre d'Élisabeth, les domestiques s'activaient déjà.

– C'est l'heure, Madame, lui lança une servante d'une voix douce.

Elle tira les rideaux tandis qu'une seconde femme installait le petit déjeuner sur une table. La pièce sentait bon la brioche toute fraîche et le chocolat chaud à la vanille.

Élisabeth se leva de bonne humeur. Tout s'arrangeait ! Elle avait terminé sa punition, et Biscuit, grâce à Colin, resterait dorénavant au chaud.

La princesse, en chemise de nuit, courut pieds nus à la fenêtre. Mme de Mackau avait rapporté une extravagante et luxueuse niche en bois doré.

Comme Élisabeth ne voyait pas son chiot, elle l'imagina en train de dormir sur les coussins, bien à l'abri du gel.

Sa toilette faite, les domestiques lui passèrent une jolie robe bleue et blanche et la coiffèrent d'un bonnet en dentelle. Elle était prête !

Elle retourna une fois encore coller son visage aux carreaux.

– Ne sortez pas, Madame, lui interdit la femme de chambre. Vous pourriez prendre froid.

– Pouvez-vous m'amener mon chien ?

La servante acquiesça et sortit. Mais elle revint

quelques instants plus tard, seule.

– Madame, il n'y est pas…

Élisabeth retint son souffle. Puis, n'y tenant plus, elle bouscula la domestique pour se ruer au-dehors. Hélas, effectivement le lit à baldaquin miniature était vide.

Elle tâta l'intérieur de la niche. Ses doigts rencontrèrent un morceau de papier…

– Un mot ? s'étonna-t-elle tout bas.

– Madame, s'indigna la femme, il faut rentrer. Vous voyez bien que votre chien n'est pas là. Peut-être que Colin s'en sera occupé ?

Élisabeth regagna sa chambre, le mot serré dans le creux de sa main. Elle tenta de se calmer et attendit que la domestique s'éloigne. Puis elle se précipita vers une bougie. Sur le papier, quelqu'un avait écrit :

Oeil pour oeil, dent pour dent

– Mon Dieu ! s'écria-t-elle d'une voix tremblante. Biscuit a été enlevé !

– Vous êtes toute pâle... remarqua Mme de Mackau en arrivant ce matin-là avec Angélique. Avez-vous bien dormi ?

Élisabeth, n'y tenant plus, commença :

– Biscuit ! Il a été...

Elle s'arrêta net, se mordit les lèvres, et préféra ne pas dire toute la vérité :

– Il a disparu.

Angélique étouffa un cri, tandis que sa mère s'étonnait :

– Disparu ? Ne vous inquiétez pas. Ce pauvre chien avait sans doute trop froid. Il est parti se mettre à l'abri. Il reviendra de lui-même, lorsqu'il aura faim.

– Madame... Colin pourrait-il se rendre à la Ménagerie, chez Juliette, pour s'assurer que Biscuit n'y est pas retourné ?

– Bien sûr.

Et, alors que la sous-gouvernante ôtait sa cape et ses gants, la princesse expliqua tout bas à son valet :

– Demande à Théo de nous rejoindre à la grille, à midi. Dis-lui que mon chien a été enlevé. Je crains que ce ne soit un coup de Maurice de Fontaine...

Le professeur de français et de latin arriva peu après la messe. Élisabeth ne l'aimait pas, car l'homme ne perdait jamais une occasion de lui adresser des reproches. Ce jour-là, il ne dérogea pas à la règle ! Il la disputa pour une poésie mal récitée et faillit la punir pour avoir déclaré qu'elle se moquait de Virgile, un poète latin mort depuis des siècles !

Les yeux fixés sur le cadran de l'horloge, elle attendait midi. Lorsque la leçon fut terminée, et qu'elle vit arriver Théo, elle soupira de soulagement ! Elle montra le mot à ses amis et conclut :

– « Œil pour œil, dent pour dent », c'est une phrase tirée de la Bible. Cela veut dire...

– ... que pour se venger, finit Théo, on rendra coup pour coup.

– Donc, réfléchit Angélique, comme Babet l'avait enfermé dans un placard, Maurice fera de même avec Biscuit ?

– Sans doute, soupira Théo. Moi, je l'ai frappé, mais je ne pense pas qu'il soit assez lâche pour battre un petit chien...

Élisabeth cacha son visage dans ses mains. Cette idée l'épouvantait !

Théo se redressa fièrement :

– Cette fois-ci, c'est dit, je vais lui jeter mon gant à la figure et le provoquer en duel à l'épée !

– Non, Théo ! Vous risqueriez votre vie, en plus de vous faire renvoyer !

– Surveillons-le, proposa Angélique. Peut-être nous mènera-t-il à la prison de Biscuit ?

– Tu as raison. Nous pourrions demander à Colin de le suivre ? Retrouvons-nous ce soir, avant le souper. Pourrez-vous venir, Théo ?

– Je termine ma leçon d'équitation à 5 heures, et je dois être présent au bal de la reine à 8...

– Au bal ?

– Oui, les pages s'occupent d'accueillir les dames, de leur servir des boissons... Cela nous permet d'apprendre à nous conduire en société. Ne vous inquiétez pas, je viendrai à 7 heures.

Chapitre 6

Colin ne le savait pas encore, mais il allait faire une étrange rencontre.

Cet après-midi-là, il quitta son uniforme de valet pour enfiler une veste marron, très ordinaire et passe-partout. Il coiffa son tricorne[11] noir, puis il partit vers la Grande Écurie où il ne tarda pas à apercevoir Maurice de Fontaine.

À cinq heures et demie, ses leçons finies, le page sortit enfin. Il était accompagné d'un gaillard brun de son âge, et les mains dans les poches, tous deux partirent en direction du château.

---

11. Chapeau très à la mode à cette époque-là, dont les bords étaient repliés en trois cornes.

Colin leur emboîta le pas, en prenant bien garde à ne pas se faire remarquer. Arrivés au palais, Maurice et son ami pénétrèrent dans les jardins. Le bassin d'Apollon atteint, ils tournèrent à gauche.

Le soir commençait à tomber. Colin remonta le col de sa veste et frotta frileusement ses mains l'une contre l'autre. Cette filature n'en finissait pas !

Brusquement, les deux pages ralentirent. Colin se cacha derrière un arbre, sans les quitter du regard. Voilà qu'ils entraient dans une sorte de petite cabane à outils à l'écart du chemin... Ils en ressortirent quelques instants plus tard en traînant quelque chose...

– Biscuit ! murmura Colin.

– Alors, ricana le blond, Villebois est allé retrouver sa petite « fiancée » ?

– Oui, répondit le brun, comme tu l'avais prévu. Seulement, ils parlaient trop bas. J'ai

juste entendu : « Œil pour œil, dent pour dent, c'est une phrase tirée de la Bible... »

Maurice de Fontaine se mit à rire :

– Ha ha ! Ils ont trouvé mon mot ! Je tiens ma vengeance ! Notre princesse va pleurer...

Colin retint son souffle. Qu'allait-il faire à Biscuit ?

Un quart d'heure plus tard, la Ménagerie était en vue.

«Drôle d'endroit pour une vengeance...» pensa le valet.

Il n'était encore jamais venu dans cette partie du parc. Aussi fut-il surpris par les cris inquiétants qui retentissaient par moments. Colin, qui ne connaissait guère que les animaux de la ferme, commença à prendre peur.

Qu'était-ce donc que ce rugissement? Celui d'un lion? D'un tigre? Et cette ombre, immense, qui longeait cette grille, n'était-ce pas un monstre tout droit sorti de l'enfer?

– Jésus, Marie, Joseph, protégez-moi! s'exclama-t-il pour se donner du courage.

Cependant, il était déterminé à sauver Biscuit, et plus encore, à ce que sa maîtresse, Élisabeth, soit fière de lui.

L'entrée n'était plus très loin. Maurice saisit le chiot dans ses bras pour le cacher sous son uniforme rouge. Puis les deux pages s'approchèrent du portail.

– Il fait nuit, lança le garde en brandissant une lanterne, nous fermons.

– Je viens rendre sa perruque à M. de Laroche, répliqua Maurice.

– Repassez demain.

– Qui es-tu, coquin, pour me donner des ordres ? Si tu ne nous laisses pas passer, mon père te fera renvoyer !

L'homme prit peur et s'écarta avec prudence.

– Suivez-moi, soupira-t-il.

À peine se furent-ils éloignés que Colin entrait sans se faire voir.

– Hé ! s'écria tout à coup le garde. Monsieur de Fontaine ! Ce n'est pas le bon chemin. Vous allez vers les enclos ! Revenez !

Colin entendit Maurice s'esclaffer d'un rire mauvais.

– Je n'en ai pas pour longtemps, pauvre sot ! Quant à la perruque de M. de Laroche... Je la lui rendrai demain... si j'ai le temps !

Les bruits bizarres redoublaient et Colin mourait d'inquiétude ! Les deux garçons traversèrent une vaste place, puis, dans le clair de lune, Colin vit Maurice sortir un objet métallique de sa poche : une clé !

– Enfermons-le ici, dit-il à son compère en ouvrant une porte grillagée. L'enclos est entouré d'un muret surmonté de barreaux. Il ne pourra pas s'enfuir.

Colin s'approcha à pas de loup, mais alors qu'il tendait le cou afin d'apercevoir les deux pages, une chose incroyable se produisit ! Une forme noire lui sauta sur les épaules ! Le jeune valet retint un hurlement à grand-peine ! Son tricorne s'envola en l'air ! Des doigts crochus tirèrent ses cheveux !

Colin se débattit et tomba face contre terre ! La respiration saccadée, il se releva en titubant :

– On m'a chipé mon tricorne !

« Tant pis pour le chapeau ! » pensa-t-il ensuite. Et il prit ses jambes à son cou !

Arrivé près du petit château, il trouva le courage de se retourner et scruta l'ombre : il n'y avait personne ! L'esplanade était vide ! Pourtant, il n'avait pas inventé cette agression !

– Jésus, Marie, Joseph !

Il fit un rapide signe de croix pour se protéger du mauvais sort. Dans sa campagne, on lui avait souvent raconté comment les démons volaient les âmes des voyageurs perdus dans la nuit. Ou encore comment les fantômes venaient se venger des vivants... Quand ce n'était pas les sorcières qui chevauchaient leurs balais...

– M'en fiche de savoir ce que c'était ! Démon, fantôme ou sorcière... bredouilla-t-il d'une voix emplie de terreur. Je ne resterai pas une minute de plus ici.

Il se précipita vers l'entrée de la Ménagerie. Le garde lui tournait le dos. Tremblant de tous ses membres, Colin le bouscula et partit en courant comme s'il avait le diable à ses trousses !

– Un fantôme ? répéta Élisabeth d'un air abasourdi lorsqu'il les rejoignit à 7 heures sur la terrasse.

– Parfaitement ! Il m'a attaqué par-derrière et s'est envolé, pfuit ! Comme ça ! J'ai dû fuir pour sauver ma vie !

Colin ne mentait sûrement pas, car le pauvre en tremblait encore.

– Juliette avait donc raison, réfléchit tout haut Angélique. Il y a un fantôme à la Ménagerie.

– Mais... s'étonna Élisabeth, pourquoi a-t-il agressé Colin ?

– Qu'est-ce que j'en sais, moi ! la coupa le valet avec colère. Il l'a fait ! Peut-être qu'il voulait mon chapeau ?

Élisabeth croisa les bras :

– Ah ça ! J'aimerais bien voir ce fantôme avec ton tricorne sur la tête !

Colin la regarda, bouche bée. Elle n'avait pas l'air de plaisanter !

– En attendant, ronchonna-t-il, moi, je n'en ai plus, de chapeau...

Mais Théo revint à leur vrai problème : Biscuit.

– Comment ont-ils fait pour avoir cette clé ?

– Ils ont volé le trousseau de M. de Laroche, se souvint Élisabeth. En même temps que sa perruque.

– Madame, reprit Colin. Ils ont mis Biscuit dans un enclos, et M. de Fontaine a dit qu'il ne pourra pas s'enfuir.

– Je ne comprends pas... soupira Élisabeth. Pourquoi l'enfermer à la Ménagerie ?

– Eh bien, répliqua Théo, récupérons la clé de Maurice et allons chercher Biscuit !

– Oui ! s'écria Élisabeth, pleine d'espoir. Mais comment ?

– Au bal de ce soir. Maurice y sera, tout comme moi.

– Chuttt ! Ils nous surveillent peut-être.

Et elle regarda prudemment à gauche et à droite.

– J'essayerai aussi, promit Colin. Avec mon uniforme de valet, je peux entrer partout.

– Ensuite, poursuivit Théo, nous nous rendrons à la Ménagerie...

– En pleine nuit ? s'écria Colin. Ah çà, non ! Vous irez sans moi. Que faites-vous du fantôme ?

Élisabeth manqua de se mettre à rire !

– Quel poltron !

– De toute façon, renchérit le valet, la Ménagerie sera fermée. Et, oubliez-vous que, chaque nuit, le château et les jardins sont gardés ?

La phrase jeta un froid.

– Racontons tout à ma mère, proposa Angélique. Elle parlera à Mme de Marsan, qui fera fouiller la Ménagerie...

– Non ! s'emporta Élisabeth. Elle ne fera rien, car elle n'aime pas les chiens. En plus, nous devrons avouer que Maurice se venge parce que je l'ai enfermé dans un placard[12]. Mon pauvre Biscuit, sanglota-t-elle, il va devoir dormir tout seul au-dehors...

– Tenons-nous prêts pour demain, à la première heure, lança Théo.

_____

12. Voir le tome 3, *La Dame à la rose.*

– Demain, fit Élisabeth en reniflant, nous débuterons les leçons par une heure de sciences naturelles sur les animaux, suivie d'une heure de dessin...

Elle réfléchit un instant et poursuivit :

– Et si je demandais à Mme de Mackau de donner sa leçon à la Ménagerie ? Nous pourrions dessiner des animaux. Nous délivrerions Biscuit grâce à la clé, ni vu ni connu, et ferions mine d'avoir retrouvé mon chien par hasard ! Angélique, viens ! dit-elle ensuite à son amie. Allons demander à ta mère, pendant que Théo et Colin s'occupent de Maurice...

Chapitre 7

Huit heures sonnèrent. Dans la cour du palais, les serviteurs éclairaient les invités grâce à des torches qu'ils tenaient à bout de bras.

Les pages aidaient les dames à descendre de leurs carrosses. Toutes avaient revêtu leur tenue d'apparat, de riches robes à larges paniers. Certaines jupes se terminaient par de longues traînes que les pages se faisaient un devoir de porter, afin qu'elles ne se salissent pas sur les pavés.

À peine entrés dans le château, ils les guidaient vers le grand salon d'Hercule, au premier étage. La reine avait décidé que, ce soir, on y donnerait le bal.

Le décor était superbe avec ses murs habillés de marbre et son plafond peint ! Sur le parquet ciré avaient été posés des orangers en pot. Une longue table couverte d'une nappe blanche trônait devant une fenêtre. Sur celle-ci s'amoncelaient des petits-fours, des friandises et toutes sortes de boissons conservées dans de hautes fontaines de porcelaine.

Colin se présenta avec l'air d'un habitué de longue date. Sans rien dire à quiconque, il prit place à côté du buffet.

Théo entra peu après. Il portait la traîne d'une fort jolie duchesse à la coiffure tout emplumée. Elle admira la décoration avant de réclamer un siège. Théo, en gentilhomme[13] accompli, lui fit une révérence, puis il la mena vers un tabouret couvert de velours[14].

---

13. Homme de naissance noble, qui appartient à la noblesse.
14. À la Cour, seules les duchesses et les princesses avaient le droit de s'asseoir devant le roi et la reine, sur des tabourets.

Lorsqu'il se retourna, il aperçut Maurice de Fontaine qui escortait la princesse de Lamballe, une amie intime de la reine. C'était pour lui un grand honneur, dont il n'était pas peu fier.

Théo lança un coup d'œil à Colin. Ils ne pouvaient agir pour le moment, la salle étant pratiquement vide. Alors qu'il allait sortir pour accueillir une nouvelle dame, Maurice l'interpella d'un ton ironique :

– Votre fiancée n'est pas là, Villebois ? Vous auriez pu la faire danser !

– Je n'ai pas de fiancée, Fontaine.

– Pourtant, se moqua l'autre, à vous voir faire des messes basses avec la sœur du roi, on pourrait croire...

Théo se sentit rougir :

– Mesurez vos propos ! Un gentilhomme ne répand pas de ragots. Savez-vous ce que l'on fait aux mauvaises langues ? On les renvoie.

– Me menaceriez-vous ?

– Non point, se reprit Théo. Mais, dès notre service terminé, vous aurez des comptes à me rendre. Pour l'heure, nous avons des dames à servir !

Il le salua et s'éloigna.

Une demi-heure plus tard, une centaine de personnes étaient arrivées. La reine entra alors en compagnie de ses beaux-frères et belles-sœurs. Tous étaient vêtus luxueusement, y compris Clotilde. Le tissu argenté de sa robe disparaissait sous les rubans et les volants. Ses bonnes joues rondes avaient été maquillées de rouge, et sa coiffure, un très haut chignon, était piquée de fleurs et de plumes d'autruche.

– Souriez ! lui rappela Mme de Marsan qui la chaperonnait[15].

La princesse obéissait lorsque, dans son dos, elle entendit une comtesse rire et dire à une marquise :

– Ce n'est pas « Gros-Madame » que l'on devrait la surnommer, mais « Grotesque-Madame » ! Dieu, que cette pauvre fille est laide !

Clotilde manqua de fondre en larmes. Sa gouvernante, outrée, alla aussitôt se planter devant l'insolente :

– Madame, lui lança-t-elle d'un ton glacial, le roi sera mis au courant de votre conduite. Si j'étais vous, je quitterais ce bal avant que je ne demande aux gardes de vous jeter dehors.

Tout d'abord, la femme pensa à une plaisanterie. Puis, voyant que Mme de Marsan ne riait pas, elle ploya dans une révérence et sortit sans un mot.

---

15. Accompagner une personne (le plus souvent une jeune fille) pour la surveiller.

– Ah ça ! s'indigna la gouvernante. Moi vivante, personne n'insultera une Fille de France !

Quelques instants plus tard, l'orchestre attaqua le premier menuet. Charles-Philippe, le plus jeune frère du roi, vint s'incliner devant Clotilde :

– Ma sœur, je serais ravi d'ouvrir le bal avec vous.

Elle accepta par une révérence, le menton tremblant, et se mit en place avec d'autres couples. Elle dansa avec une telle perfection, que certains faillirent applaudir !

La gouvernante en fut si fière qu'elle en poussa des soupirs de satisfaction !

Un deuxième menuet débuta. Théo et Colin en profitèrent pour se rapprocher de Maurice. Alors qu'il allait chercher un verre d'orangeade pour la princesse de Guéméné, Théo se plaça à côté de lui et tenta de glisser sa main dans sa poche, sans y parvenir.

Un peu plus tard, Colin essaya à son tour, sans plus de résultat. À la troisième tentative de Théo, Maurice le toisa d'un air soupçonneux :

– Qu'avez-vous donc à me suivre ainsi ? s'indigna-t-il. Écartez-vous de mon chemin !

Théo se poussa à contrecœur. Il avait bien envie de provoquer le garçon et de le traîner au-dehors pour lui donner une bonne correction. Après quoi, il lui aurait pris la clé. Mais... ils se trouvaient au bal de la reine, et il n'était pas question de se battre.

Louis XVI rejoignit son épouse à 9 heures. Ce grand jeune homme de 20 ans paraissait si timide ! Et il dansait si mal ! Fort heureusement, Marie-Antoinette avait de la grâce et de la gaieté pour deux. Comme tous les yeux étaient fixés sur le couple royal, Colin décida d'agir.

– Moi, marmonna-t-il, je n'ai pas la bonne éducation de M. de Villebois, mais je serai bien plus efficace !

Il s'empara d'un plateau, sur lequel il posa un verre de vin, puis il s'avança d'un pas décidé vers Maurice. Et il le bouscula.

– Maladroit ! hurla le page. Bon à rien !

Le vin dégoulinait sur son bel uniforme rouge !

– Mon habit est fichu !

– Mille pardons, monsieur. Je suis désolé. Attendez, je vais arranger ça.

Colin sortit son grand mouchoir à carreaux pour éponger les dégâts. Tout en s'excusant, il glissa le bout de ses doigts dans la poche de Maurice, saisit la clé...

– Assez ! s'écria ce dernier en le repoussant. Incapable !

Le valet fit le dos rond avec l'air le plus embêté du monde. Et, tandis que Maurice continuait à pester, il cacha la clé dans son mouchoir.

Sa mission était accomplie !

Malheureusement, il ne put s'empêcher d'adresser un coup d'œil victorieux à Théo, que Maurice aperçut.

– File ! ordonna Théo à Colin, qui déguerpit sans demander son reste.

Maurice tâta aussitôt sa poche. Ses joues devinrent aussi rouges que son habit ! Il s'avança vers Théo et lui déclara avec un sourire mauvais :

– La clé ne vous servira à rien. Demain, lorsque les soigneurs de la Ménagerie libéreront les fauves, ils entreront dans leur enclos et votre petit toutou chéri sera dévoré tout cru...

Et il partit d'un grand rire qui fit serrer les poings à Théo.

– Vous êtes monstrueux ! Madame Élisabeth en parlera au roi, qui vous renverra !

– Eh bien, qu'elle le fasse ! Elle devra alors avouer qu'elle m'a enfermé dans un placard, avec votre aide et celle de Mlle de Mackau. Vous serez tous punis ! Sans compter que vous serez renvoyé, ainsi que son amie, sa jolie blondinette... Voyez, j'ai pensé à tout, jubila-t-il. N'est-elle pas belle, ma vengeance ?

– Un jour, Fontaine, je vous donnerai la correction que vous méritez !

Cela n'impressionna pas le page de la reine qui, montrant son costume, se contenta de déclarer :

– C'est sec. L'avantage de la couleur de mon uniforme, c'est que, dessus, les taches de vin ne se remarquent presque pas... Je vais proposer des rafraîchissements aux belles-sœurs de Sa Majesté. Elles m'apprécient déjà beaucoup...

Chapitre 8

– Madame... Madame...

Élisabeth se réveilla en sursaut. Il faisait nuit noire. Près de son lit, elle aperçut une silhouette qui ne ressemblait en rien à celle de Marie, la domestique qui dormait dans la garde-robe[16], à côté de sa chambre.

– Colin ? s'étonna-t-elle à voix haute.

– Chuttt ! C'est urgent, faut que je vous cause...

– Que se passe-t-il ? poursuivit-elle à voix basse en se relevant sur ses avant-bras.

Colin lui raconta comment il avait récupéré la clé.

---

16. Petite pièce où l'on gardait les vêtements, les affaires de toilette et la « chaise percée », qui servait à faire ses besoins.

– Ensuite, dit-il, j'ai retrouvé M. de Villebois dans la cour du château... M. de Fontaine lui a avoué qu'il avait enfermé Biscuit
dans l'enclos des fauves. Oh, Madame, c'est
horrible ! Demain matin, lorsque les soigneurs ouvriront les cages, les bêtes se jette-
ront sur...

Élisabeth poussa un cri d'effroi ! Voilà
pourquoi ils avaient choisi la Ménagerie !
Comment n'y avaient-ils pas pensé ?

Non loin, dans la garde-robe, Marie bou-
gea. La porte grinça.

– Cornegidouille ! s'exclama Colin avant de
plonger sous le lit à la vitesse de l'éclair.

Quelques instants plus tard, la servante
s'approcha pour demander d'un air inquiet :

– Madame ? Êtes-vous souffrante ?

– Non point, Marie, j'ai juste... fait un cau-
chemar. Recouchez-vous, je vais me rendormir.

La femme partie, Colin sortit de sa cachette.

– Madame, il faudrait nous y rendre de très bonne heure. Nous aurons peut-être une chance de... d'empêcher... enfin...

Élisabeth posa une main sur la sienne.

– Merci de m'avoir prévenue. Par chance, Mme de Mackau a accepté de nous donner notre leçon à la Ménagerie, demain matin.

Nous devrons absolument arriver avant l'ouverture des cages. Va-t'en vite, maintenant.

Colin repartit sur la pointe des pieds. Il ouvrit avec précaution la porte réservée aux domestiques, et grimpa l'escalier jusqu'à sa chambrette, en prenant bien soin de ne pas faire grincer les marches...

Naturellement, Élisabeth ne se rendormit pas. Elle ne cessait de penser à Biscuit. Il devait être mort de peur de sentir la proximité des bêtes sauvages.

« Je dois le sauver », ne cessait-elle de se répéter.

Dès que la femme de chambre ouvrit les rideaux, elle se dépêcha de se lever et d'avaler son petit déjeuner.

– Que Colin aille chercher Mme de Mackau et sa fille, ordonna-t-elle.

– Mais... le service de Mme de Mackau ne commence qu'à 9 heures... et il est à peine 7 heures.

– Qu'elles viennent immédiatement ! Nous devons dessiner à la Ménagerie et j'entends y être dès l'ouverture !

Puis, devant le regard surpris des domestiques, elle poursuivit :

– Je veux une voiture[17]... et j'exige que M. de Villebois m'accompagne.

– Les professeurs de l'école des pages n'apprécieront sûrement pas que M. de Villebois manque les leçons...

– Ne suis-je pas une Fille de France ? fit semblant de s'indigner Élisabeth. L'étiquette dit que je dois être accompagnée d'un page ! Qu'il soit là au plus tôt ! Mon matériel de peinture, préparez-le !

Puis elle pressa ses servantes afin que l'on active sa toilette. Une fois habillée, elle s'enveloppa dans sa cape et courut au salon, bien

17. Bien sûr, il s'agit d'une voiture tirée par des chevaux !

décidée à partir dès l'arrivée d'Angélique et de sa mère.

Elle était si inquiète, si angoissée à l'idée du sort qui attendait Biscuit.

Une porte s'ouvrit... Elle se précipita et... tomba sur Mme de Marsan.

Élisabeth réprima une grimace. La gouvernante allait lui faire perdre un temps précieux. Elle la salua et tenta de rester calme.

– Vous sortez ? demanda la femme d'un air soupçonneux. Pas toute seule, j'espère ?

– Point du tout. Mme de Mackau nous emmène à la Ménagerie.

Je rêve d'y admirer l'aube naissante et je compte dessiner les animaux s'ébrouant... à leur réveil...

La gouvernante l'observa d'un air ébahi. Jamais encore sa royale élève n'avait fait preuve d'un tel enthousiasme pour le dessin ! Elle sourit, ravie de voir que Mme de Mackau, cette femme qu'elle avait embauchée pour « dresser » Élisabeth, parvenait enfin à lui donner le goût des études.

– Ah, Madame, comme j'aime vous entendre parler ainsi ! Encore quelques années et vous serez aussi parfaite que votre sœur. Savez-vous qu'elle a fait très bonne impression au bal de la reine ? se rengorgea-t-elle.

– J'en suis fort heureuse.

– Je suis si fière d'elle ! Si seulement il n'y avait pas eu Mme de Bellevue, cette insolente, poursuivit la gouvernante d'un ton outré. Elle a proféré des mots... des mots horribles !

– Que s'est-il passé ? s'inquiéta Élisabeth.

– Cette impertinente s'est moquée du physique de votre sœur. Mais je l'ai remise à sa place ! J'en ai parlé à Sa Majesté, votre frère. Il va la renvoyer de la Cour !

Élisabeth n'aimait guère Mme de Marsan. Cependant, pour une fois, elle l'approuva. Clotilde était l'être le plus gentil qui soit sur Terre. Elle ne méritait pas que l'on se moque d'elle.

– Merci, Madame… commença Élisabeth.

Mais, dans l'antichambre la porte s'ouvrait. La princesse, abandonnant la gouvernante, se précipita :

– Vite ! s'écria-t-elle en apercevant Angélique et sa mère. Dépêchons-nous ! Colin, demanda-t-elle au valet, prends mon matériel de dessin, il n'y a pas une minute à perdre !

Mme de Mackau et Mme de Marsan se regardèrent d'un air éberlué. Toutefois, Angélique semblait atteinte du même mal mystérieux, car elle attrapa sa mère par le bras pour l'attirer au-dehors :

– Madame Élisabeth a raison ! Notre leçon nous attend !

– Bien, bien... déclara la sous-gouvernante qui n'y comprenait rien.

Sa supérieure, un rien inquiète devant tant d'enthousiasme, pesta entre ses dents :

– Elle a fait des progrès, certes, mais il y a encore du travail en ce qui concerne la politesse...

À peine arrivées à la voiture, Théo leur ouvrit courtoisement la portière. Les deux filles poussèrent la femme à l'intérieur, tandis que Colin grimpait sur le banc à côté du cocher.

– Vite, cria la princesse en se penchant par la fenêtre. À la Ménagerie, cocher, au galop, et que ça saute !

– Et que ça saute ? s'indigna Mme de Mackau. En voici une façon de parler !

Mais personne ne lui répondit...

Chapitre 9

Le cocher respecta les ordres. Cinq minutes plus tard, il déposa ses passagères devant la Ménagerie.

– Théo, demanda Élisabeth au page qui sautait de son cheval. Faites-nous vite ouvrir le portail pendant que nous aidons Mme de Mackau à descendre.

– Mais enfin, se fâcha cette dernière, rien ne presse !

Une fois encore, personne ne l'écouta. Pire, les deux filles l'attrapèrent chacune par un bras pour l'obliger à avancer plus vite.

– Mais... s'indigna-t-elle, vous avez laissé votre matériel de dessin dans la voiture.

– Tant pis ! Aujourd'hui nous nous contenterons d'observer les animaux.

Le garde se dépêcha de sortir ses clés. D'ordinaire, les visiteurs n'étaient pas si pressés de visiter les lieux, surtout à l'aube !

– Voulez-vous que je prévienne le capitaine de Laroche ? proposa-t-il en s'écartant pour leur céder le passage.

– Non ! Nous nous débrouillerons.

– Savez-vous, lui demanda Théo, si les soigneurs ont lâché les bêtes ?

– Ah ben, mon petit monsieur, ils sont en train de le faire...

Élisabeth regarda l'entrée du château rond. Lors de leur dernière visite, M. de Laroche, pour les arroser, les avait fait entrer dans la grotte, en prétextant que c'était un raccourci. Elle se tourna vers le garde pour l'interroger :

– Comment se rendre au plus vite jusqu'aux enclos ?

– Par ici, vous accéderez directement à l'esplanade.

Et il montra un portail à sa droite. Les filles tirèrent la sous-gouvernante tandis que Théo et Colin les précédaient. Mais, désorientés, ils s'arrêtèrent un peu plus loin, au milieu de la vaste place. Certains animaux avaient déjà été libérés de leur cage. À droite, l'éléphant barrissait, le rhinocéros, son voisin, mangeait l'herbe folle...

– Ah non ! s'écria Élisabeth.

Un jet d'eau venait de les arroser ! Puis un autre ! Puis encore un autre ! C'était une vraie douche !

Colin, plus mort que vif, se mit à crier :

– Le fantôme !

– C'est sûrement un coup du capitaine ! lança Élisabeth. La dernière fois, il nous a raconté

qu'il y avait aussi des tuyaux cachés au-de-hors ! M. de Laroche ! hurla-t-elle. Vous n'êtes pas drôle ! Nous en avons assez de vos farces idiotes !

Mais... point de Laroche aux alentours. Le garde, alerté par ses cris, arriva en courant. Elle le vit se précipiter vers un gros robinet qu'il ferma :

– Je suis désolé, je ne comprends pas comment il a pu se mettre en marche tout seul.

La pluie s'arrêta aussitôt et l'homme repartit à reculons, son chapeau à la main, en leur faisant maintes courbettes pour s'excuser.

– Je le savais, renchérit Colin, blême de peur, c'est le fantôme...

– Cesse donc, avec ton fantôme ! Où sont les fauves ?

– Allez-vous me dire ce qui se passe ? s'exclama Mme de Mackau alors qu'une fois de plus les deux filles la prenaient chacune par un bras. Pourquoi cette précipitation ? En voilà assez ! Je ne bougerai pas d'un pouce tant que vous n'aurez pas parlé !

– Il nous faut trouver les fauves au plus vite...

– Pourquoi donc ?

– Parce que, avoua Élisabeth, M. de Fontaine y a enfermé Biscuit et qu'on lâche les bêtes. Voyez, les enclos sont entourés d'un muret surmonté de grilles... Il ne peut pas s'échapper !

La femme parut horrifiée, mais, comme à son ordinaire, elle ne s'énerva pas et prit les choses en main :

– Vous parlez de fauves, mais desquels ? Les lions ou les tigres ? Ils ne sont pas au même endroit.

– Bon sang ! pesta Élisabeth. Vous avez raison !

Elle se tourna vers Colin :

– Lorsque tu as suivi Maurice de Fontaine, où s'est-il rendu ?

– Ben, dame, j'en sais trop rien ! La nuit venait de tomber, je n'avais guère que la lune pour me repérer. Ils allaient vers un enclos, par là...

Et il balaya du doigt les autruches, l'éléphant et un grand espace pourvu d'un bassin à poissons.

– Fichtre... Nous ne sommes pas plus avancés !

– Je vais chercher ma cousine Juliette, proposa Théo. Elle pourra nous guider.

Et il détala.

Mme de Mackau montra l'enclos le plus éloigné :

– Lors de notre dernière visite, j'y ai aperçu les tigres. Ils ne sont pas encore sortis. J'y cours pour empêcher les soigneurs de leur ouvrir. Occupez-vous des lions ! C'est par là... Nous y sommes allées avec Juliette.

« Brave Mme de Mackau ! » pensa Élisabeth. Et elle regretta de ne pas lui avoir fait confiance plus tôt.

Élisabeth, Angélique et Colin partirent en direction de l'enclos des lions. Mais, arrivée devant les grilles, Élisabeth sentit ses jambes se dérober sous elle...

– Non ! hurla-t-elle.

Un gros mâle à crinière orangée et une femelle avançaient d'un pas lent, le nez au vent. Ils devaient flairer...

– Biscuit ! Le voyez-vous ? demanda-t-elle d'un ton affolé.

L'herbe était si haute qu'on aurait dit la savane !

– Non, il doit se cacher... s'angoissa Angélique.

Mais les larmes submergeaient Élisabeth ! Tout était perdu ! Le grand mâle fendait déjà l'herbe, puissant...

– Madame ! s'écria Théo qui arrivait seul et essoufflé. Juliette a demandé aux soigneurs de rentrer les bêtes !

Puis, chose curieuse, un rire cristallin se fit entendre, un son si joyeux qu'il en parut choquant.

– Venez voir, leur lança Juliette. Vous n'allez pas en croire vos yeux !

– Non ! rétorqua Élisabeth qui scrutait les recoins de l'enclos. Je dois retrouver Biscuit avant que les lions ne l'attaquent...

– Venez, vous dis-je ! Il est là !

Les quatre jeunes gens se précipitèrent.

– Oh ! s'écria la princesse.

Elle en resta sans voix ! À l'intérieur de la dernière cage était enfermé Woika, le préféré de Juliette. Et il n'était pas seul ! Couché en rond comme un bon gros chat, il tenait, lové contre lui, un Biscuit qui dormait comme un bienheureux, le nez dans sa fourrure ocre.

– Ça alors ! s'étonna Angélique. Je croyais que les lions étaient des animaux sauvages...

– Ils le sont, bien sûr, dit Juliette. C'est dans leur nature. Mais je connais Woika presque

depuis sa naissance. Ma chienne et moi, nous avons l'habitude de jouer avec lui. Biscuit a sûrement eu froid, cette nuit. Comme il ne pouvait pas sortir de l'enclos, à cause du muret, il aura préféré passer au travers des barreaux de la cage, pour venir se mettre au chaud. Je pense qu'il a dû reconnaître l'odeur de Woika, et Woika a senti sur Biscuit celle de sa mère. Par conséquent, il a protégé son petit.

Un soigneur, armé d'une pique et d'un fouet, entra pour récupérer le chiot. Quelques instants plus tard, Biscuit se retrouvait dans les bras d'Élisabeth.

– Hé, regardez ! cria Colin. Mon chapeau ! Qu'est-ce donc que cette bête ?

Il tendit le doigt en l'air pour montrer... un petit animal marron et beige, pourvu d'une longue queue. Sa tête était couverte d'un tricorne noir et il semblait courir sur le haut de la grille.

– Un singe? s'étonna Élisabeth. Oui! Et il porte ton tricorne! En plus, il lui va drôlement bien, se moqua-t-elle.

– Voici ton fantôme, Colin! pouffa Angélique. C'est lui qui a dû t'agresser hier...

– Et c'est aussi lui qui bouge les objets...

Mais Colin n'avait que faire de leurs commentaires. Il se tourna vers Juliette pour quémander:

– Dites-lui de me rendre mon chapeau! Je n'ai que celui-ci et il fait froid!

Juliette se mit à rire de plus belle:

– Hélas, il ne m'écoutera pas! On l'a surnommé Filou. Il s'est évadé de l'enclos des singes voilà plusieurs mois. Il vit à sa guise à la Ménagerie en volant de la nourriture.

Le pauvre Colin en souffla de déception.

– Allez, lui promit Élisabeth, je t'achèterai un nouveau chapeau. Après tout, c'est ma faute si tu as perdu le tien.

Mme de Mackau les rejoignit. Elle soupira de soulagement en voyant que Biscuit était vivant et en bonne santé.

– Eh bien, dit-elle, nous voici tous rassurés ! Je crois que nous n'avons pas trop la tête à travailler, ce matin... Si nous rentrions nous mettre au chaud ? Je crois, jeunes gens, que vous avez plein de choses à me raconter...

Chapitre 10

En fin de matinée, Élisabeth et Angélique se présentèrent chez Clotilde pour leur leçon d'italien. Leur professeur, le *signor* Goldoni, les accueillit dans l'antichambre :

– Nous commencerons avec un peu de retard, leur apprit-il avec son accent chantant et un grand sourire. Madame Clotilde doit s'entretenir avec quelqu'un.

– Vraiment ? s'étonna Élisabeth. Ma sœur ne reçoit pourtant jamais personne...

Sans attendre, les deux filles pénétrèrent dans les appartements de la princesse. Clotilde, l'air calme et déterminé, se tenait droite, assise sur un fauteuil.

Devant elle, Mme de Marsan faisait les cent pas. Élisabeth allait demander ce qu'il se passait lorsqu'un valet annonça :

– Mme de Bellevue est là.

– Faites-la entrer, lança Clotilde.

– Mme de Bellevue ? dit tout bas Élisabeth. Ce nom ne lui était pas inconnu...

Une jolie femme, vêtue à la dernière mode, apparut et ploya dans une profonde révérence. Le visage pâle, elle attendit que Clotilde lui ordonne :

– Relevez-vous, madame. J'ai à vous parler.

Cette femme était la comtesse qui avait insulté Clotilde.

– Vous m'avez beaucoup peinée lors du bal, reprit-elle d'un air digne. Ma gouvernante a fait son devoir, en informant mon frère, le roi, de vos propos si durs. Je sais qu'il vous a donné l'ordre de ne plus reparaître à Versailles. Quant à moi, je souhaite...

Elle hésita un instant et poursuivit :

– Je souhaite oublier cette triste histoire. Je suis sûre que vos mots ont dépassé votre pensée. Je vous pardonne. Restez à la Cour...

C'était si inattendu que tout le monde poussa un cri. Mme de Bellevue, les larmes aux yeux, se jeta à genoux pour embrasser la main de Clotilde :

– Je regrette tant. Jamais je ne recommence-rai... Merci !

À peine la femme sortie, la princesse expli-qua avec simplicité :

– La religion nous demande de pardonner à ceux qui nous offensent, je l'ai fait. De plus, Mme de Bellevue n'a dit que la vérité... Je ne suis guère jolie.

La gouvernante en resta bouche bée !

– Madame, voilà qui montre votre gran-deur d'âme et votre bonté.

Puis elle se tourna vers Élisabeth :

– Prenez-en de la graine ! J'ai fait condam-ner cette comtesse pour ses insultes, mais votre sœur l'a graciée par pure générosité. C'est comme cela que doit se comporter une future grande reine !

Mme de Mackau avait obtenu de Mme de Marsan que Biscuit reste à l'intérieur. Dès la leçon d'italien terminée, Élisabeth et Angélique coururent retrouver le chiot dans le petit salon doré.

– Je lui ai installé sa niche à baldaquin près de la cheminée, leur annonça Colin, et je le sortirai toutes les heures afin qu'il fasse ses besoins.

Élisabeth ramassa la balle, qu'elle envoya rouler sur le tapis. Aussitôt, Biscuit fit un bond et courut après. Il la lui rapporta et la posa à ses pieds en frétillant, ce qui la fit rire aux éclats.

– Encore ? lui demanda-t-elle en lui renvoyant le jouet.

Puis, alors que le chien roulait comiquement sur le parquet avec des jappements joyeux, Élisabeth se tourna vers Angélique :

– C'est vrai que ma sœur a fait preuve d'une grande bonté. Jamais je ne serai capable d'agir ainsi !

– Bien sûr que si, Babet. Toi aussi tu es généreuse.

Mais elle fronça les sourcils :

– Crois-tu que je pourrai pardonner à Maurice de Fontaine ce qu'il a fait à Biscuit ? Jamais ! J'espère bien qu'il payera pour sa méchanceté !

Son amie approuva aussitôt :

– Pour Maurice, tu as raison ! Il ne perd rien pour attendre.

Puis Élisabeth soupira :

– Heureusement que ta mère n'a rien dit à

Mme de Marsan ! Si elle venait à apprendre que Maurice s'est vengé parce que je l'ai enfermé dans un placard...

Elle fit une grimace à l'idée des punitions qu'on risquait de leur infliger.

Colin leur montra son poing fermé :

– S'en prendre à un pauvre petit chien, quel lâche ! Moi non plus, je ne lui pardonne pas. Je suis tout disposé à lui faire mordre la poussière ! Et M. de Villebois m'y aidera !

– Oh ! s'exclama Élisabeth d'un ton faussement admiratif. Je vois que M. de Fontaine te fait moins peur que le fantôme de la Ménagerie...

– Eh ! Ne vous moquez pas ! J'ai été agressé, et en plus, je n'ai plus de chapeau !

– Excuse-moi. Tu as raison.

Angélique, sourcils froncés, poursuivit à voix basse :

– À propos de cette histoire de fantôme... Qu'en penses-tu, Babet ?

– Du fantôme ? répéta-t-elle sans comprendre.

Angélique croisa les bras, pensive :

– Je veux bien que Filou, ce singe, chaparde de quoi manger. Bon, il a aussi sauté sur Colin. Mais... il n'était pas sur l'esplanade avec nous. Il n'aurait jamais pu tourner le robinet pour nous arroser...

Élisabeth la regarda avec surprise :

– C'est pourtant vrai... Il y aurait donc un authentique mystère à la Ménagerie ?

– Ah non, ah non ! s'indigna Colin en les pointant du doigt. Ne comptez pas sur moi, j'y retournerai pas !

– Allons, le rassura Élisabeth, je suis sûre que ce fantôme n'est pas si méchant que ça ! Trouver un fantôme... Voici une belle énigme que j'aimerais résoudre !

La Ménagerie du château de Versailles

Aujourd'hui, tout le monde connaît les animaux exotiques tels que les lions ou les éléphants. Autrefois, il en était tout autrement ! Par exemple, il n'existait qu'un seul rhinocéros en France, et il fallait se déplacer à Versailles pour le voir.

Louis XIV fit bâtir la Ménagerie vers 1663. L'endroit se trouvait proche d'une ferme, de bois et de champs cultivés, afin de pouvoir nourrir les animaux. Un petit château octogonal était entouré de bâtiments, eux-mêmes entourés par sept enclos en éventail. Chaque enclos contenait des espèces différentes que les visiteurs contemplaient derrière des grilles. Cette Ménagerie faisait alors l'admiration de l'Europe entière !

En 1698, Louis XIV l'offrit à l'épouse de son petit-fils, Marie-Adélaïde, âgée de 13 ans. Elle adorait venir y faire de la pâtisserie. Elle y donna de nombreuses fêtes où l'on ne manquait pas d'arroser les nouveaux venus dans la rocaille ou sur l'esplanade.

Son fils, Louis XV, se désintéressa des lieux. On continua pourtant à y accueillir de nouveaux pensionnaires, lions, tigres, ou éléphant, mais elle tomba bientôt dans un état pitoyable.

Plus tard, Louis XVI, le frère d'Élisabeth, restaura sommairement les bâtiments.

Lors de la Révolution, les sans-culottes libérèrent ou mangèrent les animaux. On transféra alors les rescapés au Jardin des Plantes, à Paris. Parmi eux se trouvait un lion nommé Woika, ami inséparable d'un chien. L'histoire raconte que lorsque le chien mourut de vieillesse, le lion se laissa dépérir...

Tombée en ruine, la Ménagerie fut détruite à la fin du XIXe siècle.

Élisabeth
princesse à Versailles

Septembre 2021.

Lis très vite les nouvelles aventures d'Élisabeth !

Tome 21 à paraître en janvier 2022.

Conception graphique : Delphine Guéchot

Imprimé en France par Pollina S.A en novembre 2021 - 40685D
Dépôt légal : avril 2016
Numéro d'édition : 22149/13
ISBN : 978-2-226-32536-5